지옥

72점의 미술품 컬렉션

미술품 컬렉션

지옥

디노 디 두란테의

미술품 컬렉션

책의 대량구매를 원하시면 연락해 주십시오:

GOTIMNA PUBLICATIONS, LLC
WWW.GOTIMNAPUBLICATIONS.COM

미술품 구매를 원하시면 연락해 주십시오:

EPIC ART COLLECTIONS, LLC
WWW.EPICARTCOLLECTIONS.COM

이 작품을 단테 알리기에리
제 인생의 선생님에게 바칩니다

그리고

나의 사랑 루시아,
내게 영원히 불멸하는
베아트리체의 형상이자
내 인생의 "빛"

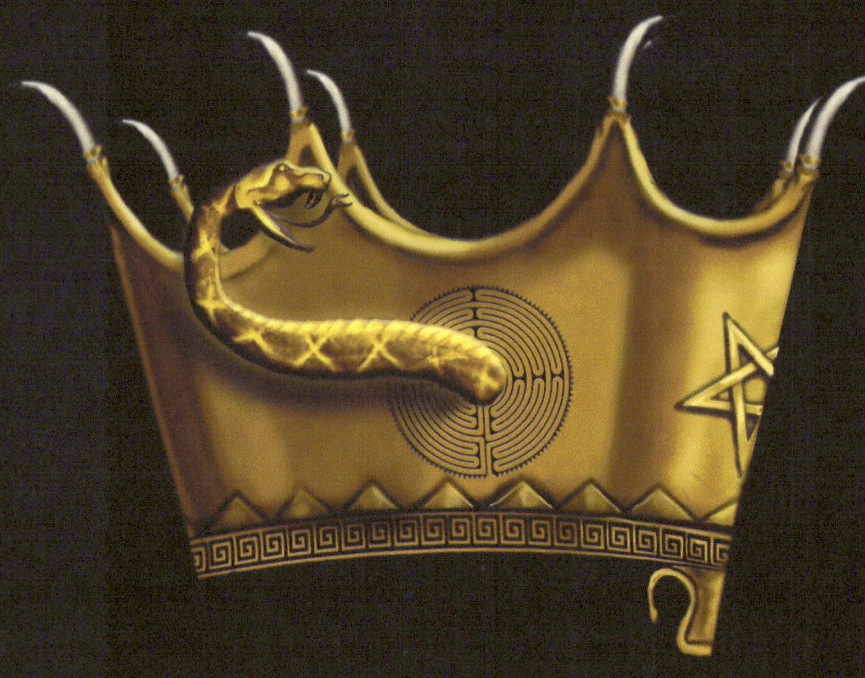

최후 심판

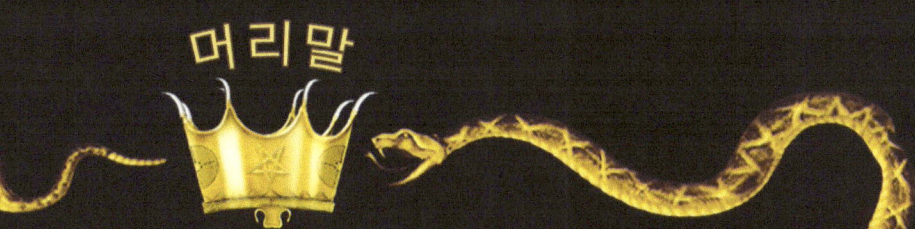

머리말

단테 알리기에리는 1302년과 1321년 사이에 대작인 신곡을 썼습니다. 지난 7세기 동안, 많은 예술가들이 여러 그림종류를 통해 단테의 신곡을 시각적으로 해석하려는 시도를 해왔습니다. 몇 명만 예로 들자면 산드로 보티첼리, 윌리엄 블레이크, 지오바니 스트라다노, 귀스타프 도레 그리고 위대한 예술가인 살바도르 달리를 들 수 있습니다. 귀스타프 도레가 1861년 처음으로 가장 유명한 작품을 내놓았습니다. 1세기가 지난 후에 살바도르 달리가 추상화의 형식으로 신곡을 재해석했습니다. 그러나, 이탈리아의 단톨로지스트들에 의하면 1480년대에 산드로 보티첼리 단 한 명만이 신곡을 제대로 해석했다고 합니다. 현재 현대 예술가들은 다시 이 도전에 직면했습니다.

컨셉아티스트인 디노 디 두란테는 캔버스에 단테의 신곡 지옥편에 생기를 불어넣는 작업을 수행해왔습니다. 그는 이 작품을 정확하게 해석하는 데 집중할 뿐 아니라 이 작품에 익숙하지 않은 사람들을 교육하고 영향을 주는데 집중하고 있습니다. 여기 나와있는 작품들은 도레의 흑백 석판인쇄물도 아니고 나중에 큰 기여를 한 살바도르 달리의 추상화도 아닙니다. 대신에 디 두란테는 다채로우면서도 정교하게 수공예로 만든 여태 한 번도 본 적이 없는 그림 작품을 제공합니다. 지옥편에 대한 그의 심도있는 해석은 7세기 전에 단테가 생기를 불어넣기 위해 묘사했던 모든 작품들의 해석수준을 능가합니다.

디노 디 두란테는2007년에 만화소설을 만들어보자는 생각으로 이 작품을 시작하게 되었는데 이 소설은 2014년에 마무리 작업한 삽화책으로 확대된 후에 만들어졌습니다. 그가 이렇게 오래 걸리고 고된 작업에 매달리는 이유는 그 자신이 헌신적이고 특정한 패턴을 좋아하며 세밀한 것까지 놓치지 않으려고 하는 시각예술가이자 감독이기 때문일 것입니다. 그의 대규모 미술컬렉션 중 일부는 현재 영어로 '단테스 헬 애니메이티드', 이탈리아어로 '인페르노 단테스코 아니마토'라는 이름의 영화로 만들어진 상태입니다. 그만의 색깔이 독특하게 배합된 72점의 미술품 컬렉션은 미국, 이탈리아, 바티칸에서 30명이 넘는 유명인들, 교수들, 단톨로지스트들이 출현한 '인페르토 바이 단테'라는 영화에 사용되었습니다.

디 두란테는 이 영화에서 단테 서사시만의 번역과 묘사가 살아 움직이게끔 영감을 주었습니다. 보는 이들로 하여금 단테와 베르길리우스와 함께 지옥의 다른 층들을 여행할 수 있게 하고 죄인들이 받는 벌에 대해 자세하게 보여주면서 반어적인 묘사가 장관을 이루고 있습니다. 만화 영화의 주인공들을 따라가며 우리는 그들이 영원히 지옥에 떨어진 사람들이 있는 세상을 여행하는 것을 지켜볼 수 있습니다. 위에서 언급된 영화에서 사용된 모든 단테 미술 작품들은 이 책에 나와있습니다.

디노 디 두란테는 가능한 모든 형태를 통해 단테의 신곡 첫 부분에 생기를 불어넣는 놀라운 모험을 하는 데 그의 모든 노력을 기울여왔습니다. 그가 만든 몇 편의 영화에서부터, 지금 여러분 손에 있는 책까지 이런 노력은 결코 이 일에 대한 사랑이 없이는 만들어 질 수 없다는 데 아마 모든 사람이 동의할 것입니다. 이제 책 장을 넘기고 즐기세요!

아만드 마스트로이안니
영화 감독/ 프로듀서

DINO DI DURANTE

서문을 쓰다

저는 6살 때 수채화로 그림 그리는 일을 시작했으나 템페라 물감에 빠져 곧바로 템페레화로 바꾸었습니다. 그 당시에는 나무를 공짜로 얻을 수 있었기 때문에 나무에 디즈니 캐릭터들을 그렸습니다. 몇 년 후에는 그림 그리는 것을 그만두고 음악과 사진 등에 빠졌습니다. 대학 졸업 후에는 다시 붓을 들고 캔버스에 아크릴로 그림을 그리다 추상화라고 알려진 자유로운 그림 그리기로 바꿨습니다.

단테의 신곡은 우리 가족이 자주 이야기하고 토론하던 책이었습니다. 공대생으로UCLA를 다니던 당시 저는 이 책을 '공부'할 수 있는 기회를 얻을 때까지 계속 기다렸습니다. 결국 과학을 전공하고 이탈리아 문학을 부전공으로 공부하게 되었습니다. 하지만, UCLA에 처음 들어갔을 때 저는 공학 수업은 하나도 듣지 않았습니다. 대신에 단테의 신곡을 공부하고 그 후에 단테의 모든 작품을 공부할 수 있는 수업에 등록하기 위한 필수조건을 충족시키기 위해서 부단히 노력했습니다. 이것이 제 대학생활 중 가장 뿌듯한 경험이었습니다. 신곡은 여러 면에서 제 삶을 변회시켰습니다. 단테의 손을 잡고 사후세계를 여행하며 저는 완전히 넋을 빼앗겼습니다. 그러나, 이야기를 시각화하기는 힘들었고 이야기를 따라가기 위해서 구스타프 도레의 삽화를 봤을 때는 몇 번이나 혼란스러웠습니다. 당시에는 도서관에서 관련

오랜 세월이 지나고 저는 단테의 지옥편에 관한 그래픽 잡지를 만들기 시작했습니다. 잡지를 만들면서 그와 같은 주제에 기반한 '인페르노 바이 단테'라는 제목의 영화를 위해 일할 기회가 있었습니다. 조사를 좀 한 후에 영화를 잘 만들기에는 시각예술의 충분한 공유가 이루어지지 않았다는 사실을 깨닫게 되었습니다. 그래서 경로를 바꿔보기로 결정했고 잡지 시리즈 출간을 중지하고 시작(어두운 숲)과 끝(연옥의 별들)까지 고리가 이어지는 지옥으로의 새로운 여행을 시작했습니다.

단톨로지스트 리카르도 프라테시가 제가 하는 불확실한 일에 대해 몇 차례 의견을 말한 후에 1480년대에 단테의 신곡을 거의 완벽하게 해석했던 산드로 보티첼리는 강제적으로 저의 길잡이가 되었습니다. 그는 제가 몇몇 인쇄물과 영화에 나오는 신곡의 지옥편에 대한 심오한 해석을 제공하기 원한다면 반드시 고쳐야 할 실수 몇 개에 주목해 말해주었습니다. 이런 식으로 리카르도가 무상으로 저의 자문가가 되어주었을 당시에 저만큼 단테를 좋아하는 어떤 사람으로부터 이 기회를 덥석 받아들였습니다. 리카르도가 제 팀의 일원이 되기 전에 저는 아베티크 발라이인이라는 사람과 이미 일하는 중이었는데 그는 세상에 전에는 볼 수 없었던 컬렉션을 선보이기 위해 제가 장면을 수정하는 일뿐만 아니라 디자인하는 작업까지 도와주었습니다. 아주 상세하고 다채로우며 정확한 묘사를 할 수 있었던 것은 산드로 보티첼리의 스케치와 그림과 더불어 리카르도와 아베티크 그 두 사람이 있었기에 가능한 일이었습니다.

DINO DI DURANTE

감사의 말

고마운 사람들이 너무 많아서 이 페이지로는 부족한데요, 크기 면에서나 단어 면에서나 그런 것 같습니다.

고마운 사람들이 너무 많아서 이 페이지로는 부족한데요, 크기 면에서나 단어 면에서나 그런 것 같습니다.

제가 깨어있을 수 있도록 해주고 진정한 세상과 제 자신을 찾고 저에게 주어진 사명을 발견할 수 있는 길을 보여준 단테에게 감사합니다.

모든 작업에 헌신해줬을 뿐만 아니라 평생토록 저에게 무조건적인 사랑과 지지와 깨달음을 주었던 내 사랑 루시아에게도 감사를 표합니다.

제가 6살이라는 어린 나이에 그림을 시작한 이래로 늘 저에게 무조건적인 사랑과 지지를 줬던 어머니에게도 감사드립니다.

처음으로 길을 개척해 제가 제 평생의 사명을 완수할 수 있게 도와준 카를로스에게 감사합니다.

특히, 리카르도 프라테시에게 감사 드리는데, 그가 없었다면 단테의 신곡 지옥편을 시각적으로 정확하게 해석한 이번 작업은 있을 수 없었을 것입니다.

저를 위해 책의 앞부분을 써줬을 뿐만 아니라 늘 저에게 피드백을 주기 위해 한결같이 그 자리에 있어준 영화 제작자이자 감독인 아만드 마스트로이안니에게 감사 드립니다.

이번 작업의 초창기 팬이자 항상 UCLA의 이탈리아학과의 문을 열어놓아 주셨으며 작업의 일부를 로마 '라 사피엔자'대학교에서 선보이기 위해 애써주신 마시모 치아볼레라 교수님께도 감사의 인사를 전합니다.

제가 하는 일을 믿어 주고 우루과이의 푼타델에스테의 부유한 피서지에서 매우 권위 있는 그의 재단의 문을 활짝 열어준 덕분에 2011년 이 일을 시작할 당시에 제 미술품 컬렉션의 50점을 소개할 수 있었기 때문에 이런 기회를 준 파블로 아추가리에게 정말 감사드립니다.

이 일의 초창기 팬이자 일이 오래 걸리고 힘들게 느껴질 때마다 항상 앞으로 전진할 수 있도록 저를 격려해 준 나의 소중한 친구 제프 코나웨이에게도 감사의 말을 전하고 싶습니다.

이 책을 지지해주고 다른 사람들이 이 작업에 대해 배울 수 있도록 권장하여 여기에 이름을 올린 모든 전문가들에게도 감사를 표합니다.

이 책을 한국어로 번역해주신 원가은 씨에게.

영문판을 한국어판으로 번역해준 번역가 추인숙님께 감사의 말씀 드리고 싶습니다.

또한, 한국어판 번역 시 교정을 해주신 번역가 신현승님께 감사의 말씀 드립니다.

마지막으로, 무엇보다 중요한 이 작업의 모든 합작자들과 제 여행의 일부가 되어주신 모든 분들께 진심으로 감사 드립니다.

DINO DI DURANTE

소개의 말

단테의 인페르노 미술품 컬렉션은 2011년 1월 12일부터 2월 28일까지 우루과이의 푼타델에스테의 부유한 피서지에서 진행되었으며 파블로 아추가리 재단에 처음 공개되었습니다. 그 당시에 이 컬렉션은 완성되지 않은 상태였고 오직 50점만 전시되었습니다.

몇 년 후, 저는 샌디에이고에서 열린 코믹콘에 거의 완성 단계에 있는 컬렉션을 출품할 기회를 얻었습니다. 총 72점의 미술품 컬렉션으로 구성된 단테의 인페르노를 완성하기까지2007년 초부터 2014년 말까지 7년이 넘는 시간이 걸렸습니다. 각 삽화는 50개 이상의 버전을 가지고 있으며 100개가 넘는 버전을 가진 삽화도 있지만 모든 삽화의 최종 그림은 단 한 점입니다.

저는 베르길리우스 앞에 모습을 나타내기 전 6개의 양식으로 제1옥에 내려가는 베아트리체를 표현한 이미지를 그린 산드로 보티첼리에게 특별한 경의를 표하는 바입니다. 이 이미지는 보티첼리가 단테의 신곡을 그린 자신의 스케치와 그림에서 움직임과 변화를 어떻게 표현하고 있는지를 잘 보여줍니다.

이 책에 삽입된 모든 그림 바로 아래에는 이 그림에 대한 간단한 묘사가 쓰여있기 때문에 이야기를 쉽게 이해할 수 있을 것입니다. 각 그림의 아래에는 QR 코드도 있기 때문에 스마트폰이나 다른 태블릿으로 복잡한 이야기도 쉽게 이해할 수 있는 장점이 있습니다. 노란색 QR 코드를 스캔 하시면 무료로 제공되는 온라인 전자책을 통해 특정한 어구가 나오는 부분도 읽을 수 있습니다. 은색 QR 코드를 스캔 하시면 해당 그림을 다른 크기나 미디어로 구매하실 수 있습니다.

단테움 프로젝트에 대해 알게 된 이후로 그림을 판 수익금의 40퍼센트를 단테움재단에 기부하여 단테와 그의 걸작인 신곡을 기릴 수 있는 이 놀라운 건물을 짓기 위해 노력했습니다. www.DanteumFoundation.org에서 더 많은 정보를 얻을 수 있습니다. 단테움재단에40퍼센트의 기부금을 바로 보내는 것이기 때문에 거주하고 있는 나라에 따라 기부금만큼 연소득 세금공제를 받을 수 있습니다.

저는 여러분이 이 계몽적이고 매우 복잡한 이야기를 쉽게 이해할 수 있도록 매우 열심히 힘써왔습니다. 이 일을 완수하기 위해서 360도의 눈을 가진 것처럼 제 자신을 지옥에 두고 이것을 곧 여러분이 보게 될 미술품 컬렉션으로 시각화했습니다. 이제 여러분께서는 심판자가 되어 제가 목표를 달성했는지 말해줄 수 있는 기회를 얻으신 겁니다.

단테는 우리가 과거, 현재, 미래로 이루어진 우리만의 삶을 배우게 하기 위해서 신곡이라는 문학명작을 남겼습니다. 오래 걸렸지만 깨우침을 주는 이 경험의 막바지에 이르렀을 때 저는 제가 수행한 이 일이 단테를 공정하게 평가하는 데 도움이 되고 여러분에게 그의 메시지를 제대로 전달하여 제가 그랬던 것처럼 여러분들만의 삶의 목적을 깨달을 수 있기를 바라는 바입니다.

신의 가호가 있기를!

DINO DI DURANTE

서기 1300년 - 이탈리아, 로마

단테는 어두운 숲에서 다시 길을 잃었다

단테의 길이 사자에 의해 가로막힘

세 번째 야수

단테의 길이 암늑대에 의해 가로막힘

베르길리우스의 등장

베르길리우스가 배고픈 암늑대로부터 단테를 보호함

단테가 베르길리우스를 받아들임
단테가 그의 영웅의 등장에 놀람

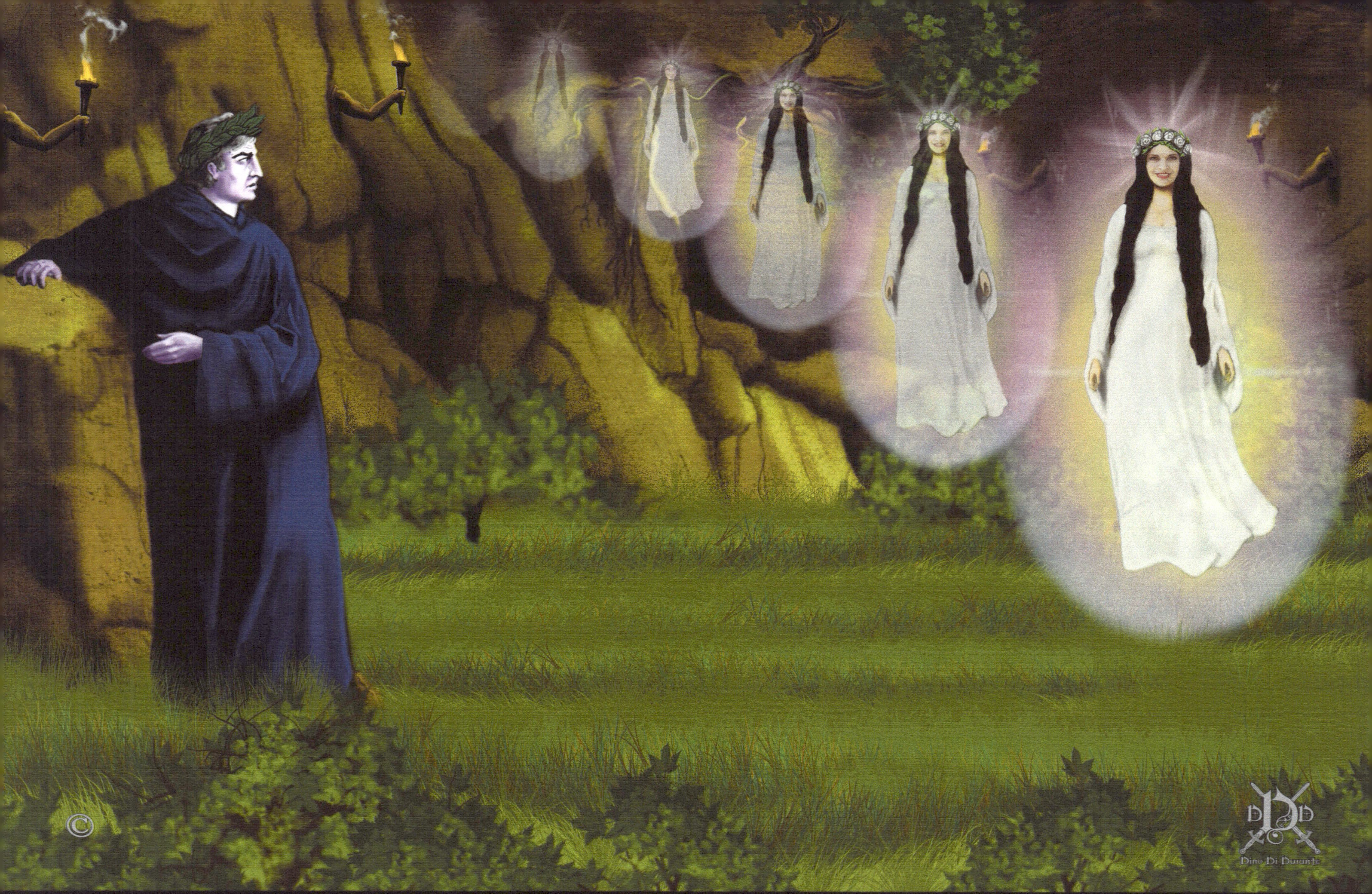

베아트리체가 천국에서 변옥으로 내려옴
베르길리우스가 놀라서 지켜봄

베아트리체가 변옥에서 부분적으로 형상화됨
베르길리우스가 베아트리체에게 절함

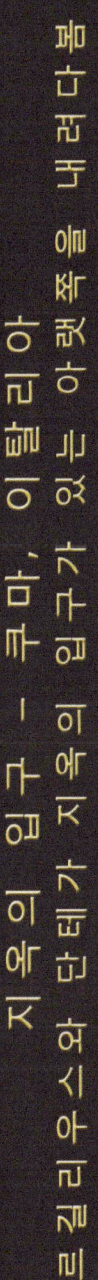

지옥의 입구 - 쿠마, 이탈리아

베르길리우스와 단테가 지옥의 입구가 있는 아랫쪽을 내려다 봄

지옥의 문

입구 위의 적힌 히브리어 암호. "나를 지나서…"

단테와 베르길리우스가 고통의 도시를 향해 걷다 지옥으로 가는 동굴

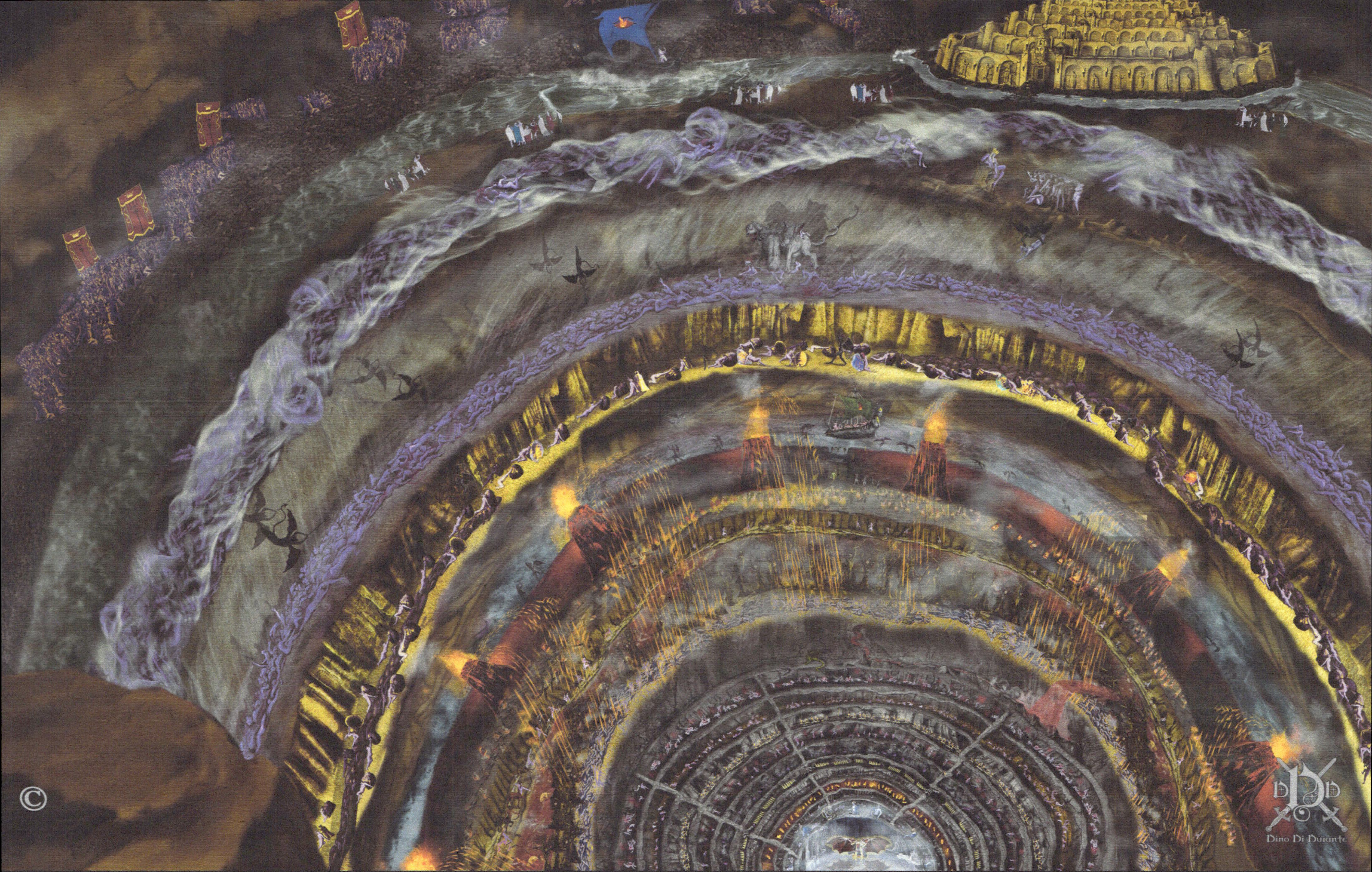

지옥의 도형
아홉개의 원과 세분화된 원들

게으른자들과 도착하는 죄인들
아케론 강을 넘어 이송되기를 기다림

카론 – 불 타는 악마의 눈

카론이 죄인들을 다른 해안으로 옮기기 위해 도착

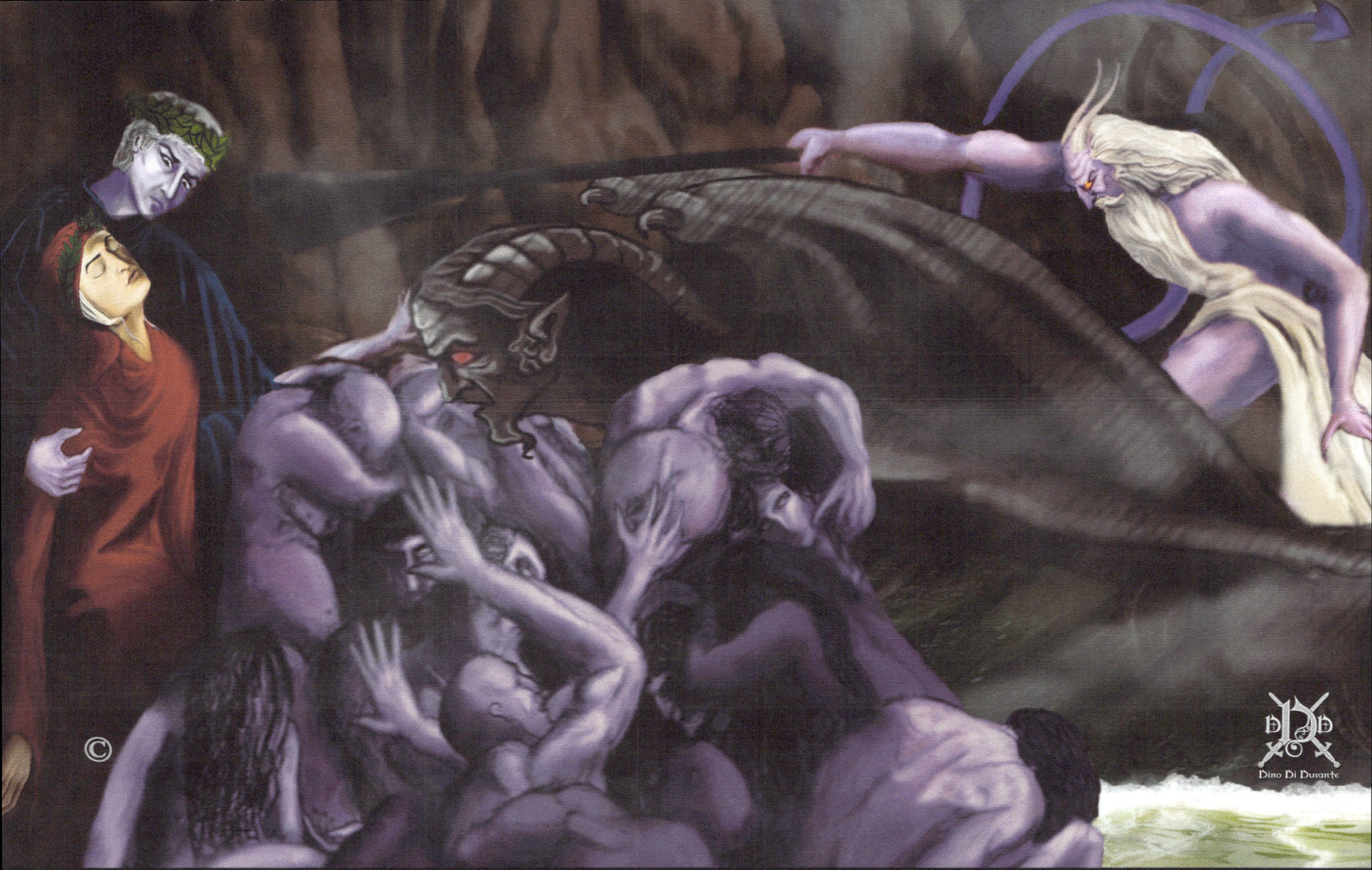

단테의 기절

카론이 죄인들을 때리고 단테는 그들의 차마 고통을 지켜볼 수 없음

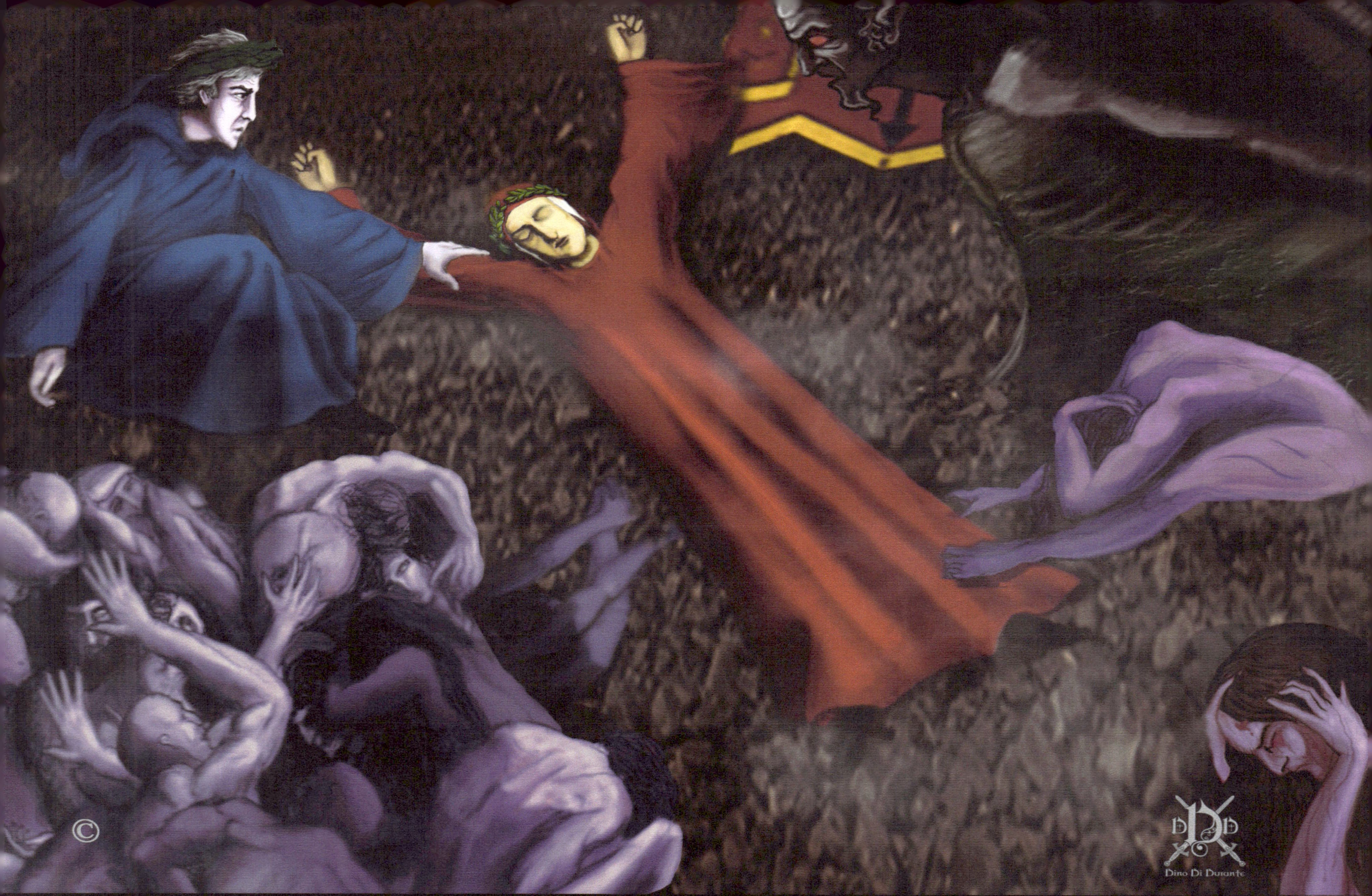

쓰러진 단테

그는 베르길리우스의 부축을 받으며 죄인들에게 둘러쌓임

아케론강 건너편

카론이 단테와 베르길리우스를 포함한 죄인들을 이송함

첫 번째 원 – 변옥

단테와 베르길리우스가 일곱개 벽의 성에 도착

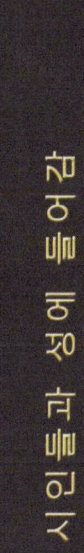

위대한 안내

단테와 베르길리우스가 호메로스 및 다른 시인들과 성에 들어감

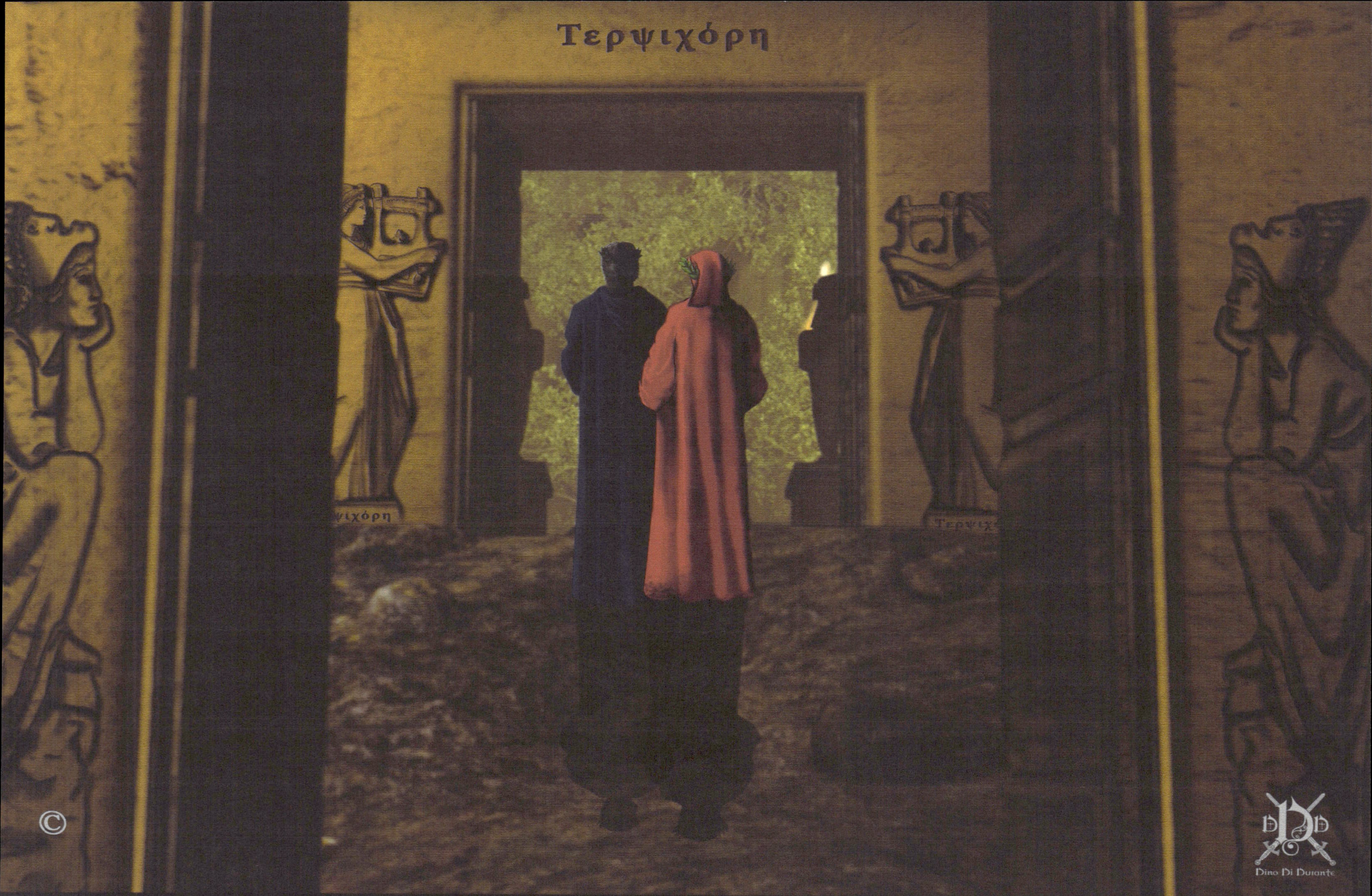
Τερψιχόρη
Τερψιχ
ψιχόρη
©
Dino Di Durante

일곱개의 벽을 지남
단테와 베르길리우스가 성의 중심에 도착

변옥안의 위대한 영혼들

단테와 베르길리우스가 소크라테스, 율리우스 시저, 아리스토텔레스 등을 만남, ...

정복자

패배한 십자군의 전사들을 용서한 위대한 사령관

미노스 – 지옥의 심판자

도착하는 죄인들은 심판을 받고 지정된 원으로 보내짐

두 번째 원 – 욕망이 강한 자들
클레오파트라와 마르크 안토니우스

두 번째 원 – 욕망이 강한 자들

단테가 파울로와 프란체스카 앞에서 기절

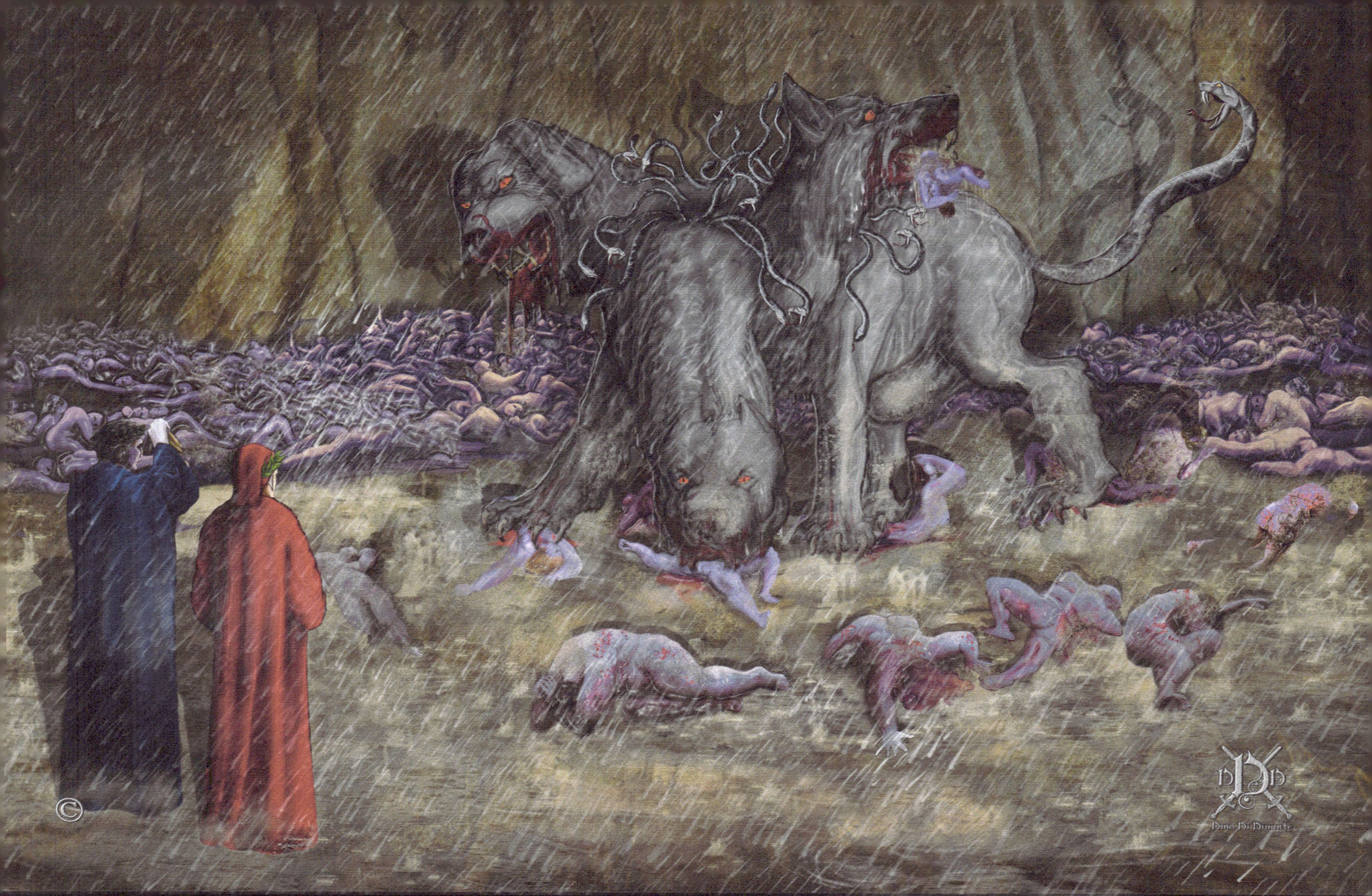

베르길리우스가 케르베로스를 진정시키기 위해 진흙에 던짐

분노에 찬 플루토스가 소리칠 "파페 세이튼, 파페 세이튼, 알레페!" 네번째 원 — 수호자

네 번째 원 – 탐욕하는 자들과 낭비하는 자들

죄인들은 서로 충돌하고 돌아섬

다섯 번째 원 - 분노에 찬 노에 찬 자들과 시무룩한 자들

플레기아스가 단테와 베르길리우스를 스틱스 강 건너로 이송함

세 복수의 여신들이 디스 벽 위로 나타남

그들은 메두사를 부를것이라 위협하고 페르킬리우스는 단테의 눈을 가려줌

악마들이 디스 시 입구를 막음

베르길리우스는 단테가 하느님의 임무중이라고 반박함

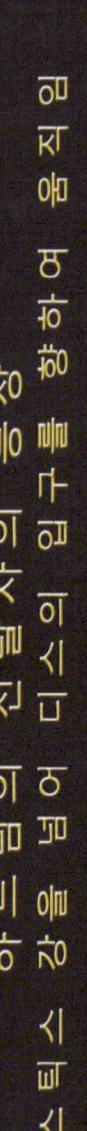

하느님의 전달자의 등장
그가 스틱스 강을 넘어 디스의 입구를 향하여 움직임

천사가 악마들을 쫓아내고 디스의 문을 엶
단테가 절을하고 두 시인이 하부 지옥으로 들어감

메두사와 그녀의 마지막 희생양들

홀리데테스의 화석이 된 몸들과 그의 귀족들

여섯번째 원 – 이단자들
단테가 파리나타와 카발칸티와 이야기함

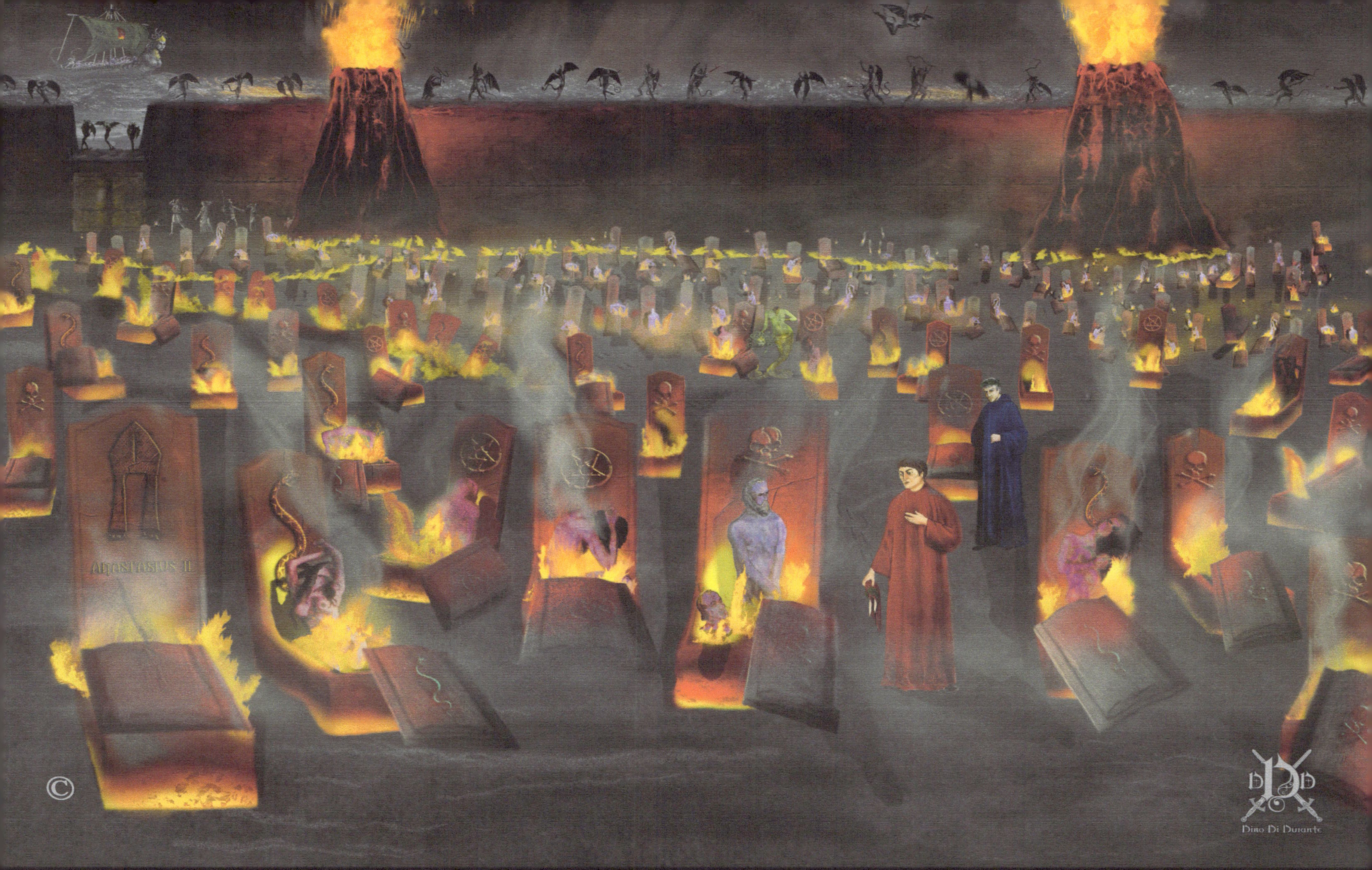

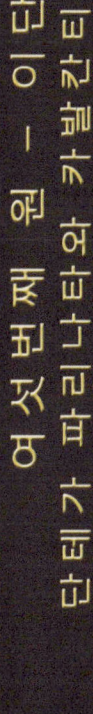

일곱 번째 원 − 폭력이 수호신

그들이 벼랑을 내려감에 따라 괴물 미노타우로스가 단테를 위협한다

일곱번째 원 : 산 사 태

단테와 베르길리우스가 내려와 키론과 네소스와 만나게됨

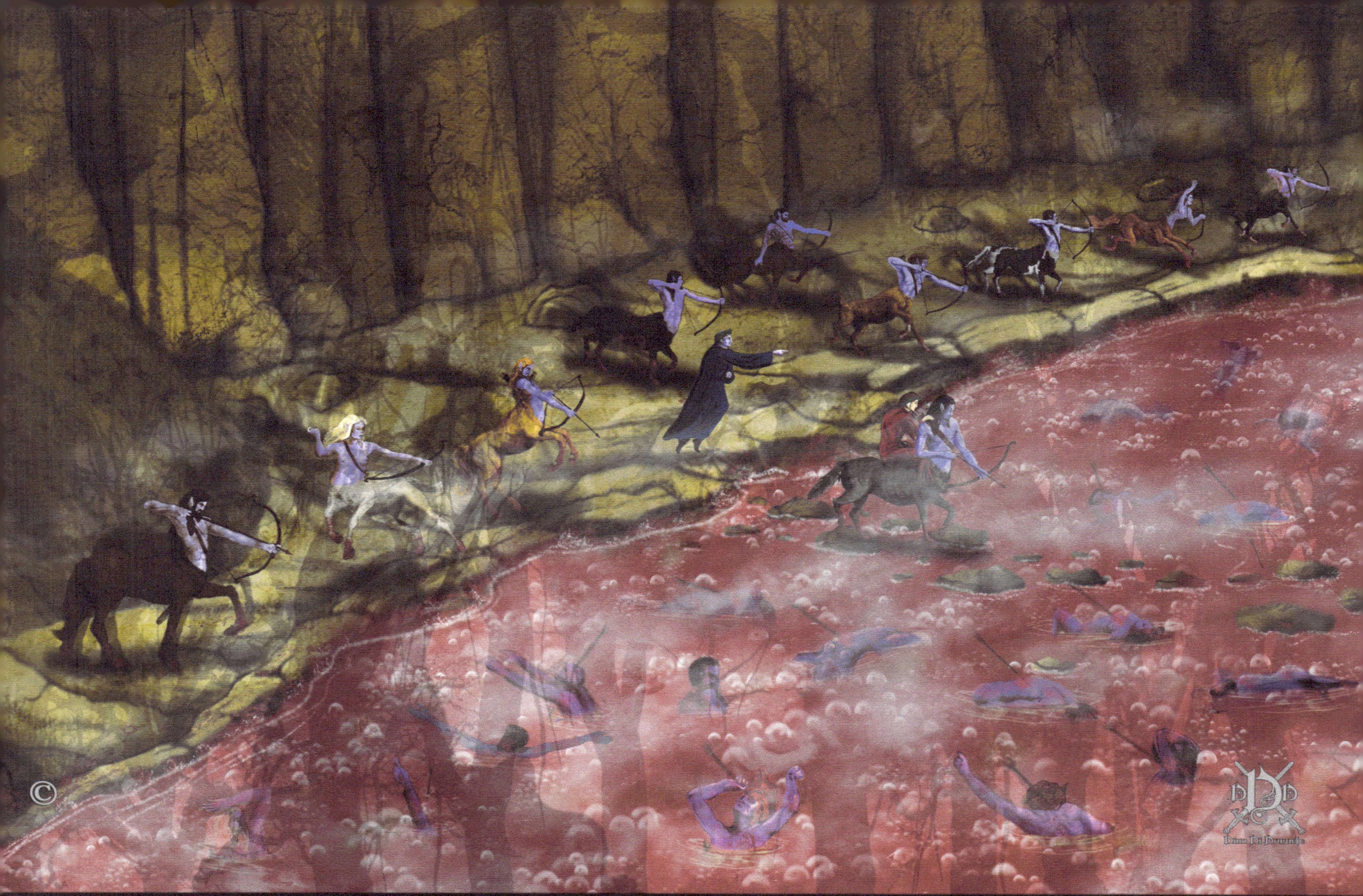

일곱번째 원: 첫번째 고리 – 끓는 피 안의 살인자들

베르길리우스가 공중으로 날아오른다. 네서스가 단테를 플레게톤 강 건너편으로 옮김

일곱번째 원 : 두번째 고리 — 자살한 자들과 낭비하는 자를
단테가 가지를 부러뜨리고 피에트로는 피를 흘림

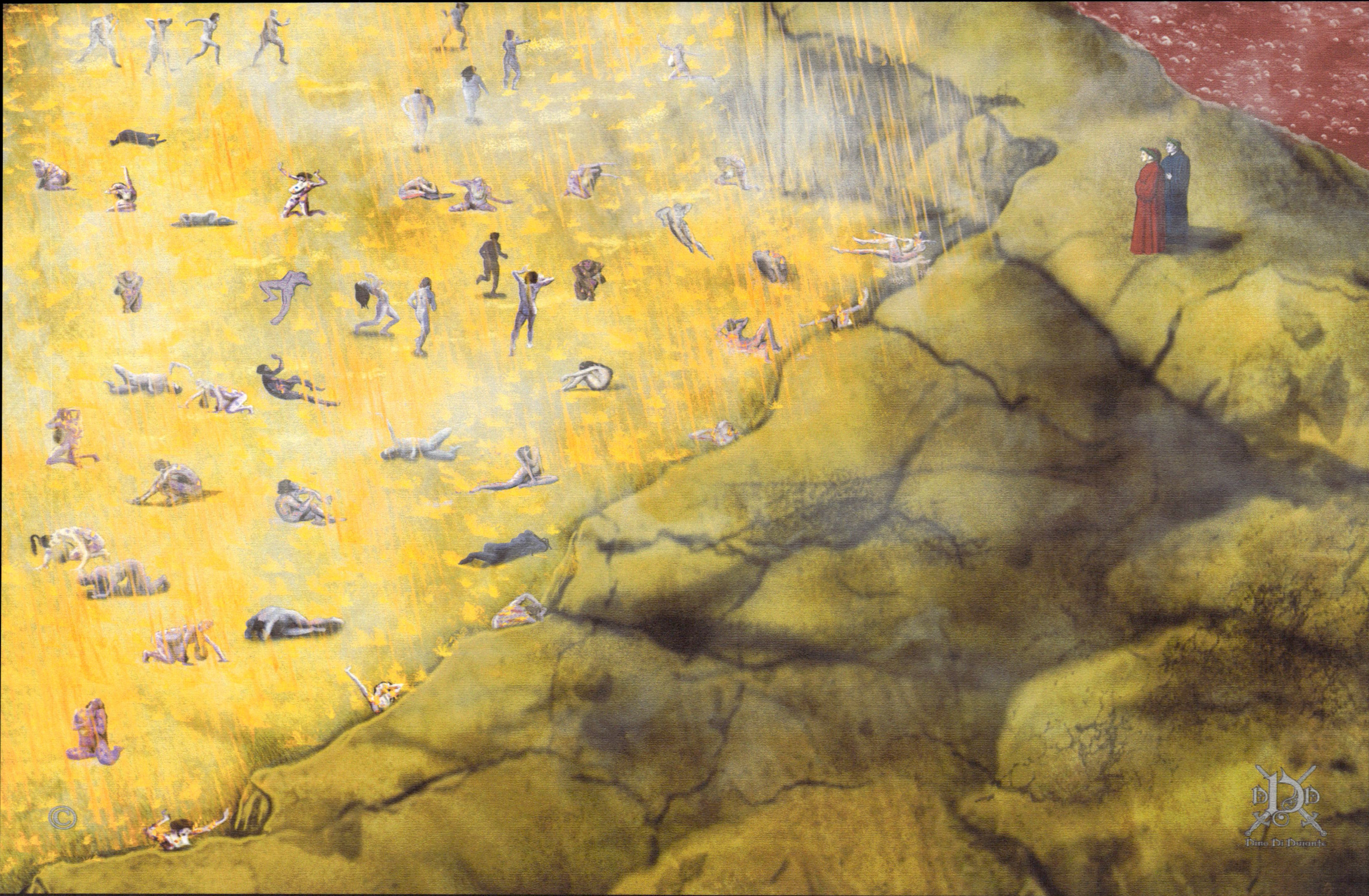

세번째 고리 – 불 비 아래의 폭력
모독자들, 남색자들과 고리 대금업자들

위기

베르길리우스가 단테의 옷을 절벽너머로 던짐으로 게리온에게 신호를 함

게리온의 도착

단테와 베르길리우스가 게리온의 등에 올라타 멜라불제로 내려감

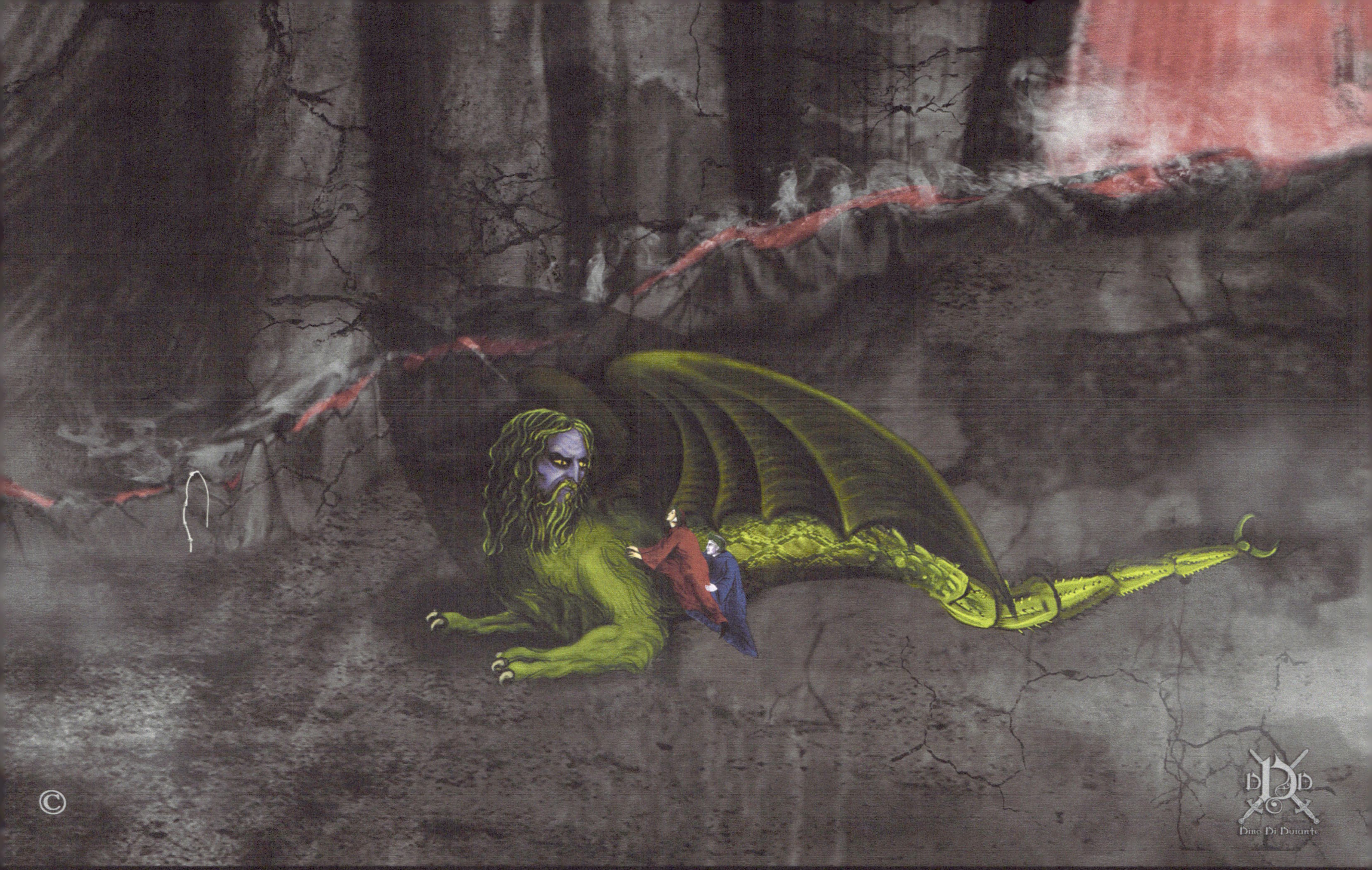

게리온의 착륙
단테와 베르갈리우스가 멜라볼제 안으로 내려감

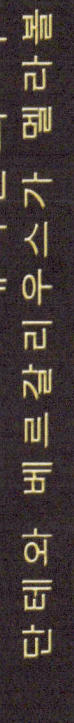

여덟 번째 원: 헬라볼제, 그리고 아래에는 아홉 번째 원

여덟 번째 원, 멜라볼제, 사기꾼들- 협곡 1
부정이들과 유혹하는 자들이 악마에게 매질 맞음

여덟 번째 원, 멜라볼지, 사기꾼들 – 협곡 2
아첨꾼들은 배설물의 호수 안에

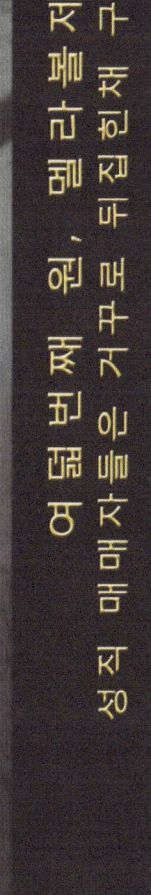

여덟 번째 원, 멜라볼제, 사기꾼들 – 협곡 3

성직 매매자들은 거꾸로 뒤집힌채 구멍에 박히고 빠져나온 발은 불에 탐

여덟 번째 원, 멜라볼제, 사기꾼들 ─ 협곡 4
마법사들, 점성술사들 그리고 가짜 선지자들

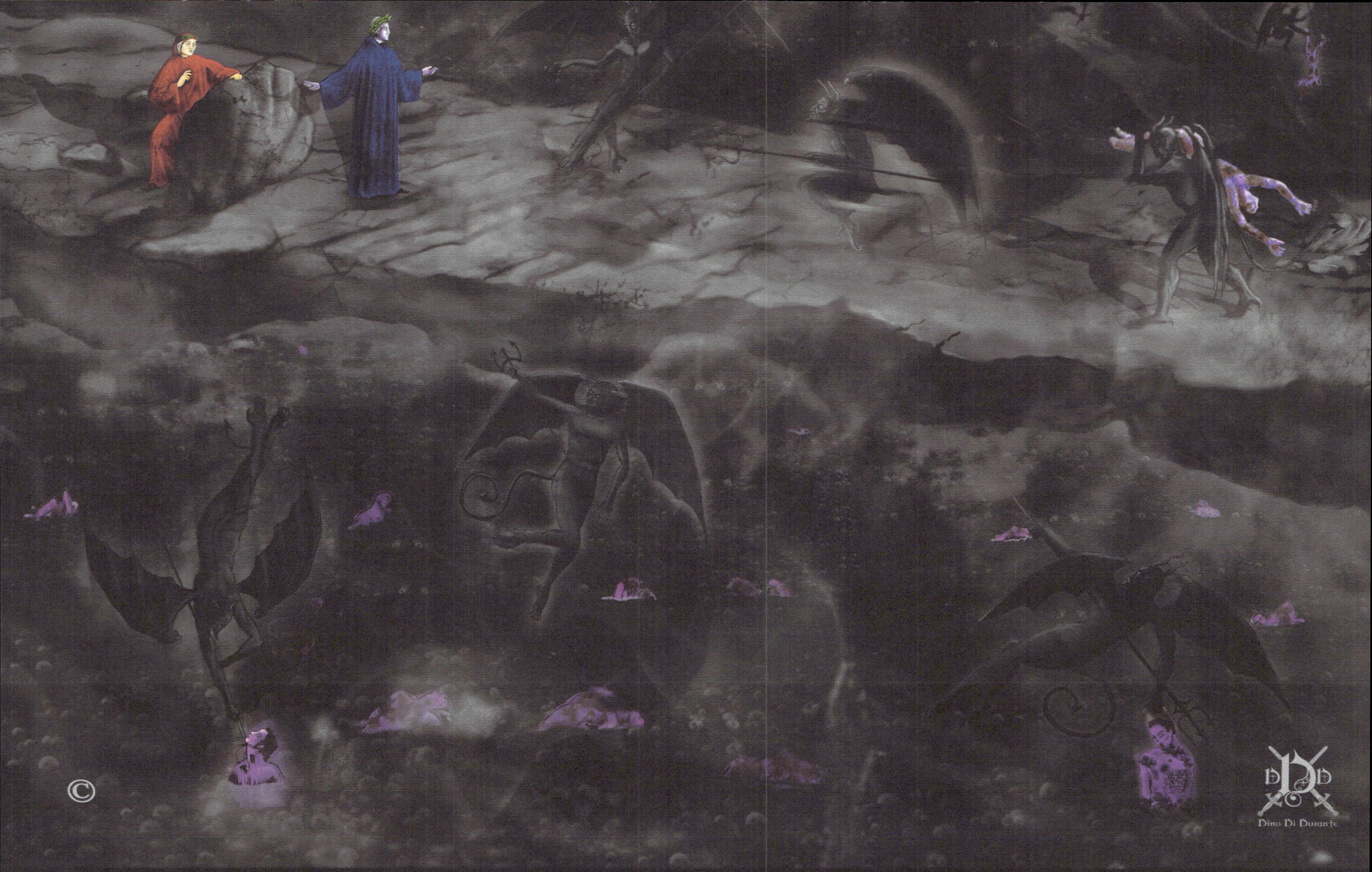

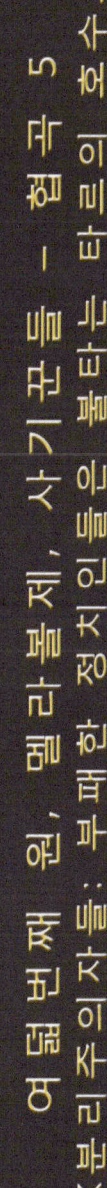

여덟 번째 원, 멜라볼제, 사기꾼들 - 협곡 5

K 볼리주의자들: 부패한 정치인들을 불타는 타르의 호수로

여덟 번째 원, 멜라볼제, 사기꾼들 – 협곡 6

위선자들: 겉멋은 금속 망토를 입고, 다른 이들은 십자가에 못박힘

여덟 번째 원, 멜라볼제, 사기꾼들 - 협곡 6

위선자들: 베르갈리우스가 단테에게 가파른 돌 둘에서 나가는 길을 보여줌

여덟번째 원, 멜라볼제, 사기군들 – 형국 7
도둑들은 영원히 파충류들과 형태를 잃다 갔다함

여덟 번째 원, 멜라볼제, 사기꾼들 – 협곡 8

잘못된 상담자들: 울리시스, 디오메데스, 그리고 다른이들은 화염속에서 불탐

여덟 번째 제 9 원, 멜라볼제, 사기꾼들 – 협곡 9

불화의 씨를 뿌리는 자들은 칼을 가진 악마들에게 허두름을 당함

여덟 번째 원, 멜라볼제, 사기꾼들 – 협곡 10

위조하는 자들: 연금술사들, 화폐 위조자들, 위종자들 그리고 사칭하는 자들

아홉번째 원 수호자들

거인들 : 에피알테스, 안타에우스 그리고 님로드

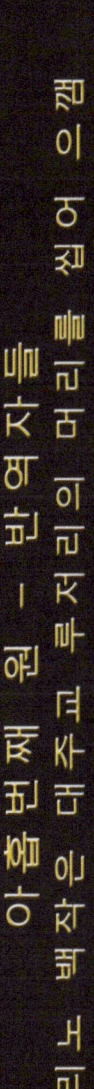

아홉번째 원 – 반역자들

우굴리노 백작은 대주교 루지리의 머리를 썰어 으깸

아홉번째 원 - 반역자들

루시퍼는 허리까지 얼음에 파묻혀서 세 명의 죄인들을 씹어먹음

아홉번째 원 – 반역자들

가족이 없는 루시퍼는 유다, 브루투스 그리고 카시우스를 씹어먹음

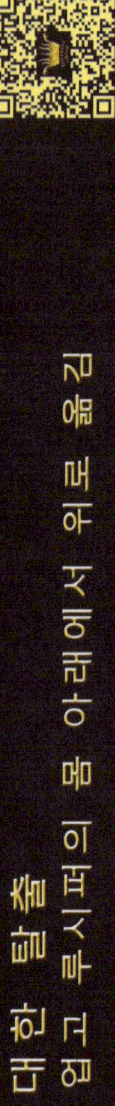

위대한 탈출

베르길리우스가 단테를 등에 업고 루시퍼의 몸 아래에서 위로 옮김

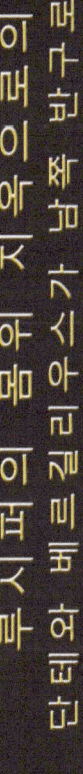

루시퍼의 몸위 지옥으로의 탈출

단테와 베르길리우스가 남쪽 반구로 빠져나옴

조금의 빛

시인들이 열린 공간으로부터 들어오는 빛을 관찰

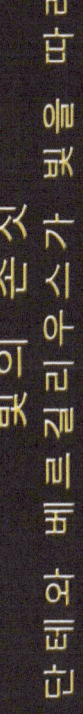

빛의 손짓

단테와 베르길리우스가 빛을 따라감

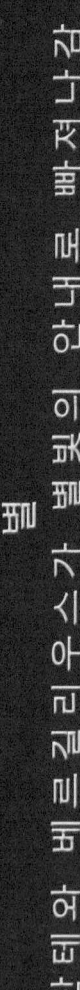

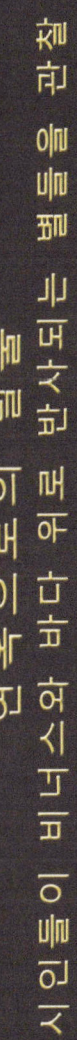

연옥으로의 탈출

시인들이 비너스와 바다 위로 반사되는 별들을 관찰

스카이

남쪽의 십자가와 물고기자리 별자리를 바라보며 명상에 잠김

지옥의 폴라주

플루토, 미노스 그리고 두 자살자 사이의 단테

Armand Mastroianni
Presents
Dante's Hell Animated
A Film Produced and Directed by Boris Acosta
Artwork by Dino Di Durante
Eric Roberts
Nia Peeples
Vincent Spano
Jeff Conaway
Hélène Cardona
Al Sapienza
Shirly Brener
Rico Simonini
Vanna Bonta
Adrian Paul
www.DantesHellAnimated.com

Armand Mastroianni
presenta

Inferno Dantesco Animato
Regia di Boris Acosta

Vittorio
Gassman

Franco
Nero

Vittorio
Matteucci

Silvia
Colloca

Marco
Bonini

Cosimo
Fusco

Veronica
De Laurentiis

Susanna
Cappellaro

Arnoldo
Foa

Simona
Caparrini

Mario
Opinato

Sceneggiatore - Dante Alighieri
Adattamento - Dino Di Durante
Produttore - Boris Acosta
Musica - Aldo De Tata e Maria Eolani
www.InfernoDantescoAnimato.com

www.ingramcontent.com/pod-product-compliance
Lightning Source LLC
Chambersburg PA
CBHW040827050726

47507CB00021B/147